14 Juin 1887.

CATALOGUE

D'UNE BELLE COLLECTION

DE

FAIENCES ANCIENNES

Des diverses fabriques
françaises, hollandaises, italiennes, allemandes, etc.

DE

PORCELAINES

Pâte tendre et pâte dure, de Sèvres, Saxe et autres

ET

D'OBJETS D'ART ET DE CURIOSITÉ

DONT LA VENTE AURA LIEU

HOTEL DROUOT, SALLE N° 5

Les Mardi 14 et Mercredi 15 Juin 1887

A DEUX HEURES

M° PAUL CHEVALLIER
COMMISSAIRE-PRISEUR
10, rue de la Grange-Batelière, 10

M. CHARLES MANNHEIM
EXPERT
7, rue Saint-Georges, 7

EXPOSITION PUBLIQUE

Le Lundi 13 Juin 1887, de 1 heure à 5 heures 1/2

ADDITUS

CATALOGUE

D'UNE BELLE COLLECTION

DE

FAIENCES ANCIENNES

Des diverses fabriques
françaises, hollandaises, italiennes, allemandes, etc.

DE

PORCELAINES

Pâte tendre et pâte dure, de Sèvres, Saxe et autres

ET

D'OBJETS D'ART ET DE CURIOSITÉ

DONT LA VENTE AURA LIEU

HOTEL DROUOT, SALLE N° 5

Les Mardi 14 et Mercredi 15 Juin 1887

A DEUX HEURES

Me PAUL CHEVALLIER	**M. CHARLES MANNHEIM**
COMMISSAIRE-PRISEUR	EXPERT
10, rue de la Grange-Batelière, 10	7, rue Saint-Georges, 7

EXPOSITION PUBLIQUE

Le Lundi 13 Juin 1887, de 1 heure à 5 heures 1/2

CONDITIONS DE LA VENTE

Elle sera faite *expressément* au comptant.

Les acquéreurs payeront en sus des enchères *cinq pour cent*, applicables aux frais de la vente.

L'exposition mettant le public à même de se rendre compte de l'état et de la nature des objets, il ne sera admis aucune réclamation une fois l'adjudication prononcée.

Paris. Imp. de l'Art. E. Ménard et J. Augry, 41, rue de la Victoire.

DÉSIGNATION DES OBJETS

FAIENCES FRANÇAISES ET ÉTRANGÈRES

DESVRES

1 — PLAT rond à bords chantournés, décor polychrome. Le marli est orné de fleurons et lambrequins dans le style de certains décors de Sinceny; au centre, une rosace style Bérain. Le revers est revêtu de l'émail jaunâtre, particulier aux fabriques du Pas-de-Calais.

SAINT-OMER

2 — ASSIETTE à bords découpés, décor de fleurs blanches sur fond bleu.

LILLE

3 — GRAND PICHET décor camaïeu bleu, fleurs, insectes et oiseaux; le fond est parsemé des

quatre points en losange qui se rencontrent fréquemment sur les faïences lilloises. Sous le pied, une croix surmontée d'un D (Dorez).

Monture intéressante en étain, le couvercle représente Tobie conduit par l'ange Raphael, avec une inscription allemande : DER ENGEL SCHUTZ BEGLEIT TOBIAE FROMMIGKEIT — IN DE GEFAHR LICHKEIT.

Dans l'intérieur du couvercle, les armoiries de Mayence.

4 — Deux consoles à décor polychrome, volutes, draperies, rinceaux, pommes de pin, etc. On retrouve les quatre points en losange qui entrent fréquemment dans les décorations des faïences de cette provenance.

5 — Sucrière avec son couvercle ajouré à vis, décor polychrome très fin. Sur le pied, le monogramme : F L de *Jacques Féburier de Lille*, accompagné d'un autre monogramme inexpliqué, composé des lettres A I. Ce dernier monogramme se retrouve dans le fond du couvercle.

6 — Plateau porte-fruits à quatre consoles reposant sur un socle et réunies par un croisillon.

Décor en camaïeu bleu, feuilles, rinceaux et autres ornements. Sous le pied la lettre P (Pélissiez).

Une pièce de forme semblable figurait dans la

collection de M. F. Fétis, de Bruxelles, elle portait un décor polychrome ; on l'attribue, dans le catalogue de sa vente, à une fabrique bruxelloise.

7 — Assiette creuse aux formes empruntées à l'orfèvrerie, décor polychrome, guirlandes, rinceaux ; au centre, corbeille en forme de cul-de-lampe.

ROUEN

8 — Crucifix composé d'un pied semi-hexagonal dont chaque face, à décor bleu, représente des paysages et les instruments de la Passion, daté 1768.

Sur sa croix en vieux bois, Christ en faïence polychrome. Sur les reins, la date 1770.

Et une plaque au-dessus du Christ, avec l'inscription : INRI.

9 — Encrier forme commode, avec godets à encre et à poudre, fermant à vis par des couvercles ajourés. Sur le côté un tiroir, décor polychrome, style Louis XIV, à fonds quadrillés, créés par Guillibaud.

Une pièce analogue figure au musée de Rouen.

10 — Deux vases à fleurs, décor polychrome de

fleurs et de fruits, oiseaux et insectes. Sur la panse, à la face postérieure le nom en toutes lettres de *SAS*, artiste céramique du commencement du XVIIIe siècle, descendant d'une famille originaire de Delft, qui était venu s'établir à Rouen, et paraît avoir travaillé chez Dionis de 1743 à 1746.

11 — DEUX PICHETS avec leurs couvercles, décor polychrome à la corne, avec médaillon en camaïeu bleu. L'un renferme le portrait en pied de saint Pierre et l'autre celui de sainte Marie : On lit sur l'un cette inscription : *Pierre Ridel*, 1785, et sur l'autre *Marie Ridel*, 1785.

12 — BROC à anse avec son couvercle, décor polychrome, style rocaille, bouquets de fleurs. Au bas, le nom du propriétaire en noir : Jean Colombeux fils.

13 — PETIT BROC, décor bleu et jaune.

14 — PETIT POT à crème, décor camaïeu bleu.

15 — DEUX POTS à onguents de pharmacie, décor camaïeu bleu, avec les inscriptions : *P. de Ayarico* et *P. sine quibus*.

16 — PETIT VASE forme de lampe antique, corps de dauphin squammé, décor polychrome.

17 — PETIT VASE d'usage intime pour enfant, décor camaïeu bleu.

18 — GRAND BASSIN à rafraîchir, décor camaïeu bleu à lambrequins ; sur le côté, un robinet sort d'une rosace.

19 — VASE avec couvercle destiné à la cuisson des pâtés, forme de sphinx accroupi, style Louis XIV. Terre vernissée.

20 — LANTERNE en terre vernissée jaspée, l'émail intérieur est blanc ; même époque que le moule à pâté qui précède.

21 — DEUX LÉGUMIERS avec leurs couvercles, décor polychrome, style Guillibaud ; l'anse de l'un des couvercles est formée par un serpent verdâtre, et l'anse de l'autre par un serpent jaunâtre. Sur chacune des pièces, l'initiale M et sur l'un des couvercles C°.

22 — ÉCUELLE à oreillettes, décor camaïeu bleu. Au fond, sainte Élisabeth couronnée et nimbée fait l'aumône à un pauvre. Au bas, on lit : ELISABET LANGLOIS, 1731.

23 — TASSE A BOUILLON avec sa soucoupe et son couvercle, décor polychrome, dit : *A la Tulipe*.

24 — SAUCIÈRE à anses, décor polychrome. Au revers, la marque P P.

25 — Plat a barbe, décor polychrome.

26 — Plat a barbe, décor polychrome, style rocaille. Au centre et sur le marli sont quatre sujets style Louis XV, personnages dansant et jouant de la musique. Au revers la signature en toutes lettres de l'artiste *Sas*, déjà cité comme ayant travaillé dans la fabrique de Dionis de 1743 à 1746.

27 — Huilier style Louis XIV, à huit pans, à masques sur les côtés, décor polychrome de Guillibaud. Au revers, les initiales en rouge : GAR.

28 — Huilier orné de deux mascarons, décor polychrome, œillets et autres fleurs. Au milieu, un écusson portant les initiales entrelacées J. L. B., surmontées de la couronne comtale.

29 — Grand plateau dit surtout, orné de masques sur les côtés, décor bleu monochrome. Au centre, un paysage encadré d'arabesques, lambrequins et guirlandes. Les marlis portent des ornements analogues et des quadrillés. Grande et belle pièce de l'époque Louis XIV.

30 — Plateau rond à pied, décor camaïeu bleu; au centre, deux blasons accolés, surmontés d'une couronne ducale.

31 — Plateau porte-fruits, à huit pans, à bords

ajourés, en forme de couronne fleurdelisée. Au centre, des armoiries. Pièce intéressante.

32 — Bannette octogone à anses tordues, en forme de corbeille, décor camaïeu bleu. Au centre, médaillon renfermant un paysage.

33 — Soupière ovale avec son couvercle, décor polychrome, à bouquets de fleurs variées. Sous la soupière, l'initiale W du céramiste Levavasseur.

34 — Compotier à bords échancrés, décor polychrome au carquois. Au revers la signature en bleu de *Dieu*, artiste céramique attaché, de 1756 à 1757, à l'établissement des frères Wallet.

35 — Bourdaloue, décor polychrome imitant le style de Strasbourg de la fabrique de Levavasseur.

36 — Deux consoles-supports, style rocaille, décor polychrome avec un personnage assis dans un paysage.

Au revers, on lit cette inscription : *Jean Amand Legendre, fait en 1799, ancien style et l'an 7eme nouvo style.* (Voir Pottier, *Histoire de la faïence de Rouen ;* Demmin, *Guide de l'amateur de faïences,* et Champfleury, *Faïences patriotiques.*)

Dans la collection de M. F. Fétis, de Bruxelles,

figurait une console de même forme, avec décor polychrome; le sujet représentait Danaé recevant Jupiter en pluie d'or. Cette pièce était d'époque Louis XV.

37 — Grand plat, style rayonnant à rosace et marli richement décoré, camaïeu bleu à réserves.

38 — Grand plat rond, décor en camaïeu bleu, fleurs, insectes et oiseaux. Certains connaisseurs ont cru pouvoir attribuer cette belle pièce à la fabrication lilloise.

39 — Plat ovale à bords chantournés, décor polychrome dit à la corne tronquée. Bel émail.

40 — Plat ovale à bords chantournés, décor polychrome à la corne, fleurs, oiseaux et insectes. Au revers, les lettres P. D. en rouge.

41 — Petit plat à bords échancrés, décor polychrome dit à la tulipe.

42 — Plat ovale, décor polychrome dit au carquois. Au revers, la signature abrégée du céramiste Dieu, attaché, en 1756, à la fabrique des frères Wallet.

43 — Deux assiettes, décor polychrome style rocaille. Au bas, un médaillon comportant un

paysage chinois ; au centre, un vase décoré de paysage sur la panse. Le fond est semé de bouquets de fleurs, fruits, papillons, insectes, etc. Au revers de l'une, la lettre G, initiale du nom de Gardin ; au revers de l'autre, les initiales B B.

44 — ASSIETTE godronnée, décor polychrome très fin, du genre dit à la corne tronquée. Au revers, les initiales H O, qui pourraient aussi se lire O H.

45 — DEUX ASSIETTES, décor bleu. Au centre, une corbeille de fleurs ; le marli est orné d'arabesques. L'une des assiettes est marquée du monogramme M R. Le même décor se retrouve sur des pièces signées *Dieu*.

46 — ASSIETTE, décor bleu monochrome. Au centre, vase de fleurs sur un cul-de-lampe.

47 — ASSIETTE, décor camaïeu bleu aux armoiries de l'amiral de Tourville. (Peut-être de Nevers.)

48 — DEUX ASSIETTES, décor polychrome, bouquets au centre, et rinceaux et quadrillés au marli. Ces assiettes proviennent de la fabrique de Levasseur.

49 — DEUX SOUCOUPES, décor polychrome.

50 — COUVERCLE de soupière, décor bleu.

51 — Couvercle de potiche, décor camaïeu bleu d'un émail remarquable.

SINCENY

52 — Mortier avec son couvercle et son pilon, décor polychrome dans le style rouennais.

Sous le mortier, on lit les initiales D C séparées par un signe en forme d'accent circonflexe ou de petit V renversé. Voir cette marque dans le *Dictionnaire des monogrammes* de Riz Paquot.

53 — Bourdaloue, décor polychrome style oriental, paysages, fleurs et papillon. Au revers, l'initiale S majuscule entre deux points, marque de Sinceny.

Cette pièce provient de la vente Delaherche (Mars 1885), n° 51 du catalogue.

54 — Assiette à bords chantournés, décor polychrome à la corne.

APREY

55 — Deux assiettes à riches décors polychromes, style rocaille ; au centre, dans un encadrement rose surmonté d'oiseaux au plumage éclatant, deux paysages d'une exquise exécution : paysage animé par une rivière sur laquelle vogue un na-

vire à voile, et paysage avec château fort surmonté d'une tour qui paraît faire l'office de phare ou de sémaphore.

56 — Assiette à bords chantournés, paysage, oiseaux, insectes et papillons. Le décor polychrome de cette pièce rappelle les ouvrages de Levavasseur, à Rouen.

STRASBOURG

57 — Soupière à œufs. Une poule couchée sur un plat, entourée d'œufs et de petits poussins. La tête de l'animal forme le couvercle. Sous la pièce, on voit l'initiale majuscule cursive H, avec un trait au-dessous du chiffre 39. Cette pièce paraît avoir été surdécorée.

58 — Plat ovale à bords chantournés, style rocaille, décor polychrome. Au centre, bouquets de fleurs, rose, œillet, muguet et campanule.

Au revers, en violet manganèse, l'H cursif des Hannong.

59 — Assiette à bords chantournés, décor polychrome de bouquets de fleurs.

Au revers, la marque I H. 39. Signature de Joseph Hannong.

60 — Assiette ronde à bords chantournés, décor polychrome.

NIEDERWILLER

61 — Deux jardinières de forme ovale, décorées de jolis paysages en camaïeu rose. Pied ajouré, orné d'insectes. Dorures sur les bords. (Terre de pipe.)

62 — Assiette à bords ajourés imitant l'osier tressé. Paysage en camaïeu rose.

SARREGUEMINES

63 — Deux chandeliers à colonnes cannelées. (Terre de pipe.)

64 — Verre a pied en terre vernissée ayant l'aspect de l'argent.

SCEAUX

65 — Assiette à décor polychrome, fleurs et insectes. Au centre, des armoiries timbrées d'un casque de chevalier. L'écu porte trois écrevisses, deux et une; ces armes ont appartenu aux Thiard de Bissy, aux Flogny et aux Prieur de Chantelou, qui les portaient, les premiers en champ d'or, les seconds en champ d'argent, et les derniers en champ d'azur.

66 — Assiette, décor polychrome, fleurs au centre et sur le marli, fond jaspé.

NEVERS

67 — Soupière et son couvercle, surmonté d'une pomme, décor camaïeu bleu.

68 — Saladier côtelé en spirale, décor polychrome; à l'interieur, un soldat portant un étendard jaune. Au revers, la lettre majuscule T en bleu.

69 — Paire de chandeliers à colonne carrée et cannelée, sur pied rond, décor en camaïeu bleu de paysages à fabriques, personnages style chinois, animaux, etc., variés sur les deux pièces. Le socle porte les armoiries de la famille *de Lingendes*, d'azur à trois glands versés d'or. L'écu est timbré d'un casque de chevalier à lambrequins.

La famille de Lingendes, originaire de Moulins, a compté plusieurs illustrations : un Jean de Lingendes, né à Moulins en 1580, fut poète et écrivain; un autre, Jean de Lingendes, né à Moulins en 1595, fut aumônier de Louis XIII, puis évêque de Sarlat en 1642 et archevêque de Mâcon en 1650; le Père Claude de Lingendes, cousin des précédents, né à Moulins en 1591, fut recteur du collège de Moulins ; ses sermons ont été publiés, ainsi que d'autres ouvrages de lui.

70 — Broc à anse torse, décor bleu et violet manganèse imitant certaines étoffes imprimées de l'époque Louis XIV, vulgarisées plus tard par les procédés qui ont créé les toiles dites de Jouy.

Certains connaisseurs ont attribué cette pièce à la fabrication rouennaise. Le musée de Rouen contient en effet, dans ses collections, une pièce similaire. Nous n'en persistons pas moins à maintenir l'origine nivernaise de ce broc, que justifient la nature et la couleur de la pâte et de l'émail, l'emploi des couleurs décoratives, l'absence de vernis sous le pied, etc., etc.

71 — Broc à anses torses, émail blanc bleuté, décor de fleurettes et pointillés dans le goût lillois.

Cette pièce a été aussi attribuée à la fabrication allemande.

72 — Pot à anse bleu moucheté, dit bleu de Perse.

73 — Plat de forme italienne, décor camaïeu bleu, composé d'animaux chimériques, dragons ailés, oiseaux, etc., entourant un sujet rustique dans

un paysage, et, au marli, deux médaillons à personnage de l'époque Louis XIV.

Nous avons rangé cette pièce parmi les productions nivernaises, cependant nous avons vu chez M. Gouellain, de Rouen, un plat de forme et décoration similaires, qui porte l'inscription en toutes lettres : *Faict à Rouen*.

74 — ASSIETTE, décor camaïeu en bleu. Une bergère conduit ses moutons en filant (1766), peut-être une sainte Geneviève. Le musée de Sèvres possède un pendant de cette pièce avec un saint Michel daté 1768.

75 — ASSIETTE creuse, décor monochrome au manganèse. Un berger assis en face d'une femme reposant au pied d'un arbre.

76 — ASSIETTE, décor camaïeu bleu. Deux bergères assises sur l'herbe, gardant leurs moutons.

77 — ASSIETTE, décor bleu lapis jaspé.

78 — PETIT PLATEAU carré, décor bleu et manganèse.

79 — PETIT PLATEAU oblong, décor bleu et manganèse. Style chinois,

80 — PLAT rond, décor camaïeu bleu, style Renaissance, figure allégorique tenant une tablette sur

laquelle sont inscrits les noms des principaux artistes de la Renaissance.

Au bas du plat, la signature Vauthier.

Au revers. une marque en forme de T en bleu, sur laquelle on lit, imprimé en creux : *Vauthier, à Nevers.*

Terre de pipe moderne.

LA CHAPELLE-AUX-POTS

81 — Assiette creuse godronnée, décor polychrome; au milieu, l'hôtel de ville de la Rochelle, avec ces inscriptions : *La Rochelle, maison de ville.*

Au revers, on lit : *La Chapelle.*

Pièce curieuse, seul exemplaire que nous connaissions de cette provenance. On sait qu'un potier, resté inconnu, de cette localité a prêté ses fours à Bernard Palissy pour ses essais de rustiques figulines. Dans ses œuvres, Bernard Palissy en parle sans le nommer.

MONTPELLIER

82 — Tasse à bouillon avec sa soucoupe et son couvercle, décor polychrome de fleurs et branchages.

83 — Porte-montre figuré par un chien, sur la

poitrine duquel une ouverture ronde ménagée pour recevoir une montre contient une boule aplatie figurant une montre, qui remplace la montre quand elle est retirée.

ARDUS (?)

84 — Plat ovale, décor polychrome, style Bérain, richement ornementé. Au revers, les initiales M F en lettres cursives, qui peuvent signifier : *Molinié fecit.*

On sait que cet artiste a produit d'assez belles œuvres, dont l'une porte sa signature entière et ses armes.

Voir Forestié, *les Anciennes faïences de Montauban, Ardus*, etc., etc., 1876.

APT

85 — Assiette en cailloutage marbré, décor qui constitue une des spécialités de la fabrique d'Apt.

86 — Petit pot à crème avec son couvercle, décor marbré jaune et noir ; monture en argent.

MOUSTIERS

87 — Chauffe-mains en forme de livre relié, décor polychrome. Sur les plats, deux médaillons

représentant des bergerades. Sur le dos du livre, l'inscription suivante : *La Vie de notre Saint Père, Le Turc, tome Ier, 1787. A ✝ G.* Ces initiales désignent Antoine Guichard, céramiste cité par Jacquemart, Ris Paquot, Davillier, etc., etc.

88 — Crachoir à anse, avec couvercle, décor polychrome de guirlandes, feuillages et fleurs.

89 — Six couteaux, décor camaïeu bleu, style Bérain. Lames en acier portant l'initiale A couronnée. Viroles et bouts en argent.

90 — Grand plat ovale, décor bleu monochrome. Au centre, sujet représentant la Chasse à l'éléphant, d'après Antoine Tempesta.

Cette belle pièce doit être attribuée à l'atelier de Clérissy, et faisait partie d'une série de sujets de chasse, parmi lesquels il convient de citer la Chasse à l'ours, de la collection de feu M. Davillier, aujourd'hui au musée de Sèvres; la Chasse à l'autruche, que nous avons vue chez M. Weinberg, etc.

91 — Plat creux de forme oblongue, décor en camaïeu bleu, ornements style Bérain. Au centre, armoiries épiscopales d'un membre de la famille Lemarle de Versigny.

92 — Assiette ronde, décorée de camaïeux verts. Au centre, personnage grotesque.

93 — Assiette à décor bleu monochrome. Style Bérain.

MARSEILLE

94 — Deux jardinières, vases à pied et consoles ajourés; à l'intérieur, récipient pour l'eau; décor polychrome très fin, paysage et oiseaux aux couleurs éclatantes rappelant les beaux décors d'Aprey.

Sous chaque pièce, la fleur de lis en noir, marque de l'atelier d'Honoré Savy.

95 — Saucière à décor camaïeu vert de l'atelier de Savy : paysages, marines ; bordures dorées.

96 — Plateau à anses, décor polychrome à bouquets.

Les verts rappellent ceux de la fabrique de Savy.

97 — Plat ovale fond jaune, décor polychrome de bouquets de fleurs et insectes. Fabrique de la veuve Perrin.

98 — Assiette fond jaune clair, décor rocaille polychrome : attributs et inscriptions maçon-

niques contenant les initiales de la loge à laquelle appartenait le destinataire de cette pièce curieuse.

D'après l'alphabet conventionnel maçonnique, on peut recomposer les signes qui désignent le titre de l'affilié : *Compagnon élu.*

Au revers, les initiales V P de la veuve Perrin.

Une pièce analogue du musée de Sèvres, provenant de la même fabrique, contient aussi des emblèmes maçonniques et un titre qui signifie : *Maître anglais.*

Une autre pièce de la même collection porte des inscriptions empruntées à un autre alphabet maçonnique.

La collection de M. Fétis, de Bruxelles, comportait aussi un plat maçonnique du même genre, de la fabrique de la veuve Perrin.

99 — Assiette ronde, décor polychrome très fin : oiseaux, fleurs, fruits et insectes.

100 — Assiette à bords ajourés, décor polychrome. Au centre, bouquets de fleurs.

101 — Assiette, décor polychrome : Chinois assis.

102 — Suspension d'église style rocaille, décor polychrome, bouquets et guirlandes de fleurs.

VARAGES

103 — Flacon carré à goulot, décor camaïeu bleu. Les quatre faces sont ornées de paysages fantastiques, avec animaux, perroquets, chien, lièvre, etc.

104 — Plateau à huit pans, supporté par huit griffes, décor camaïeu bleu : lièvres se poursuivant dans un paysage.

105 — Plat ovale, décors polychromes, trophée de drapeaux, écussons et armes diverses.

106 — Deux assiettes, même décor.

Ces trois pièces, dont les dernières sont marquées au revers d'une croix en noir, nous paraissent devoir être attribuées aux ateliers de Varages.

107 — Assiette creuse, décor polychrome de fleurs, insectes et papillons, marquée de la croix en vert.

DELFT

108 — Plaque formée de trente carreaux, décor bleu monochrome. Sujet encadré de rinceaux, copié d'après un tableau de Berghem.

109 — Plaque formée de vingt-huit carreaux, décor camaïeu bleu. Sujet : Joseph retiré du puits par des marchands, ainsi que l'indique une inscription de l'un des carreaux : *Genesis. V. 24*.

Deux autres carreaux portent, l'un, P : K. G et l'autre, I. F : A. G : 1770. Les initiales P K G doivent désigner le nom de l'artiste et la dernière inscription doit indiquer la fabrique ; peut-être pourrait-on lire : *inde fabbrick A. Griesche?*

110 — Cage à décor camaïeu bleu, dont le bas est orné de chasses finement exécutées. Sur la cage, des oiseaux voltigeant. Nous croyons pouvoir attribuer cette pièce à la fabrique qui portait l'enseigne de la Rose. A l'intérieur, un perroquet multicolore sur son anneau également en faïence.

111 — Deux plaques représentant deux cadres noirs à filets jaunes entourant deux sujets en camaïeu bleu, paysages d'après Teniers.

112 — Corbeille à huit pans formés de rinceaux découpés à jour. Décor bleu monochrome, ronde d'amours dansant autour d'un autel surmonté de vases de fleurs, d'autres amours conduisent la ronde au son de violons.

Au revers, le monogramme C L accompagné de la date 1692 et du numéro 26. — Ce monogramme appartient au céramiste Lambertus Cleftius, à l'enseigne du Pot de métal, mort en 1691. Son successeur, Lambertus van Eenhorn, prit la direction de la fabrique après sa mort et continua pendant le temps nécessaire à l'accomplissement des formalités de sa réception à faire usage de la marque de son prédécesseur. L'année suivante il eut sa marque personnelle.

Dans la collection de M. Evenepoel, de Bruxelles, il existe une corbeille similaire, le décor du fond seulement représente une scène chinoise. Cette pièce est datée de 1696 et sort pareillement de la fabrique de Van Eenhorn comme celle ci-dessus décrite.

Voir Henri Havard, *Histoire de la faïence de Delft*, p. 46, fig. 20.

113 — Jatte à lait, à anses et goulot, élevée sur trois pieds, décor camaïeu bleu; au pourtour, des sujets empruntés au travail de la charronnerie. Au fond, on voit deux personnages dont l'un offre à l'autre un vase de la même forme que la jatte présentement décrite. Sur le bord, on lit l'inscription suivante en vieil hollandais : *Het noodig werk van waagt maakt kan nimmer int den geet book Raakt soolang men oude en swaakt vint t'waage maakkers werk bemint*, dont voici la traduction : *Le travail utile de la fabrication des carrosses durera toujours ici-bas tant que les*

vieux et les faibles réclameront les services des fabricants de voitures.

Sous le vase on lit : *D. Van Schie 1729*, signature de l'artiste Dirck van Schie, cité par Ris Paquot et Henry Havard, *Histoire de la faïence de Delft.*

M. Evenepoel, de Bruxelles, possède deux jattes semblables où sont représentés des sujets tirés du travail de la céramique; ces pièces, incontestablement de la même main, ne sont point signés.

Voir Henry Havard, p. 168, 173 et 281.

114 — Cornet évasé, décor camaïeu bleu ; sur la face antérieure, une femme assise jouant de la guitare. Sous le vase on lit : *F. Wakker 1772.*

115 — Théière et son couvercle, décor polychrome imitant le bois de sapin sur lequel seraient collées des images coloriées portant des paysages finement coloriés. Niederwiller a produit souvent des pièces de la même décoration.

Cette pièce a été considérée par certains connaisseurs comme de provenance allemande, nous croyons pouvoir maintenir notre attribution delftoise justifiée par la nature de la pâte, le style du décor et l'aspect de l'émail.

116 — Plaque de forme rhomboïdale, style rocaille,

sujet encadré : la Fuite en Égypte; décor camaïeu bleu.

117 — Carreau, décor manganèse : Érection de la Tour de Babel. Inscription : *Gen V.*

118 — Deux plats ronds, décor polychrome, marli divisé en dix compartiments alternés de quadrillés et de bouquets; au centre, vases à fleurs de style orientrl.

119 — Plat rond, décor bleu monochrome, paysage de style chinois.

Au revers, la marque D. 10. Cette marque est celle de Jean Themis Dextra, propriétaire vers 1759 de l'usine qui portait l'enseigne de la Rose.

120 — Assiette creuse : vue de Saardam, célèbre par le séjour de Pierre le Grand; au bas, l'inscription : *Zaandam Van Voren*, nom de cette ville en vieux hollandais.

Au revers, la hache avec la lettre V. La hache était l'enseigne de la fabrique créée par Justus Brower en 1679.

121 — Assiette, décor camaïeu bleu : vue de la ville de Sheepluy, dont le nom est inscrit au bas.

122 — Assiette, décor camaïeu bleu : Abigaïl se jetant aux genoux de David, à cheval.

Au bas, on lit : *2 Samuel 25 V 23.*

123 — Assiette, décor polychrome de bel émail : un lapin vert au centre.

124 — Assiette, décor camaïeu bleu du même service que le plat décrit n° 119.

125 — Petite assiette, décor polychrome, paysage de style oriental.

126 — Assiette, décor camaïeu bleu; au centre : la Décollation de saint Jean-Baptiste; sur le marli, de petits amours ; au revers, la marque Roos de la fabrique à l'enseigne de la Rose, créée vers 1675, par Arendt Cosijn.

Cette pièce a fait partie de la collection Delaherche (n° 162 du catalogue de sa vente, mars 1885).

127 — Assiette, décor camaïeu bleu : un Charlatan sous une tente, vendant de l'orviétan. Au fond, un château sur la porte d'entrée duquel on lit cette inscription flamande : *Baiste Leven.*

Au revers, C B 1731, une étoile et I. A. L'étoile est l'enseigne d'une fabrique créée par Cornelis de Berg. Les initiales I. A. désignent

Jean Aalmis, faïencier à Rotterdam, qui avait été élève de Cornelis de Berg en 1731.

128 — ASSIETTE, décor camaïeu bleu; au centre, un chiffre des lettres C B entrelacées, surmonté d'une couronne comtale; au revers, A P K.

129 — QUATRE PETITES ASSIETTES, service d'enfant, même décor; au centre, un chiffre des lettres entrelacées; au revers, A P K. (Adrien Pynaker et Kayser).

ALLEMAGNE

130 — POT A EAU ET SA CUVETTE, décor polychrome, style rocaille, bouquets de fleurs.

131 — TROIS CUILLERS, décor polychrome à bouquets, fleurs, oiseaux, insectes. L'une d'elle est signée B P, marque attribuée à la fabrique de Bayreuth (Bavière).

132 — POT A CRÈME AVEC COUVERCLE ET DEUX TASSES AVEC LEURS SOUCOUPES, en grès cérame rouge vernissé brun, décor doré à armoiries. Échantillon des essais du célèbre chimiste Böttger, de Saxe.

133 — CHOPE à anse, avec monture en étain formant couvercle. Décor camaïeu bleu, avec

amours portant des corbeilles de fruits. Chiffre composé de quatre lettres entrelacées S P L C, surmonté d'une couronne de marquis. Au fond de la chope, portrait d'homme riant, coiffé d'un chapeau rond.

Sur la chope on lit N P 1723, Nicolas Pössinger, artiste nurembergeois, cité par MM. Jacquemart et Ris Paquot.

134 — Deux assiettes à bords gaufrés, décor polychrome; au centre, paysage avec un cerf et un faisan.

Au revers de l'une, L, et au revers de l'autre, B.

Une pièce semblable, signée B, figure dans les collections de Sèvres comme don de M. le duc d'Armaillé.

ITALIE

135 — Grand bassin ovale, godronné, décor camaïeu bleu; au fond, sujet de chasse.

Sous la pièce on lit : *Nove G A Bn* (Giovanni Battista Antonibon).

L'usine de Nove ou Lenove, village près de Bassano en Vénétie, a été créée par le céramiste ci-dessus nommé vers la fin du XVIIe siècle. Voir MM. Jacquemart et Ris Paquot.

136 — Deux grands bassins, l'un représente au

pourtour intérieur des chasses, et au fond une dame en costume Louis XIV, soutenant un écusson sur lequel se voit un monogramme contenant toutes les lettres du mot Victor et au-dessous : MIAMOR 1744. L'autre représente, au fond, une femme tenant un portrait de femme.

137 — Deux plaques porte-lumières, décor polychrome. Style italien.

138 — Deux vases a fleurs dont les anses sont formées par des femmes nues dont le corps se termine en queue de poisson, décor polychrome.

139 — Petite fontaine à pans coupés, décor polychrome à rinceaux et vases de fleurs ; le dessus est surmonté d'une fleurs de lis ; sur les parois latérales, la date 1759 dont le premier chiffre en forme d'hameçon ou de grappin indique la marque de fabrique vénitienne.

140 — Deux compotiers côtelés, décor polychrome de bouquets de fleurs.

141 — Soupière et son couvercle, décor polychrome de bouquets de fleurs. (Doccia ?)

142 — Plaque oblongue, décor camaïeu bleu, divisée en deux parties, qui représentent deux

scènes de conjuration ou divination cabalistiques. (Nove ?)

143 — Carreau de revêtement, décor polychrome : portrait d'un doge, avec l'inscription : *Domenicus Cantarenus XXX*, nom du trentième doge de la République de Venise, Dominique Cantarini. (Venise.)

144 — Plat ovale à bords chantournés, ornements en relief au marli ; au milieu, paysage avec architecture, animé de personnages, décor polychrome.

Cette pièce, de provenance vénitienne, est remarquable par sa légèreté, sa sonorité et la finesse du dessin.

145 — Plat, décor camaïeu bleu : Mars et Vénus dans un paysage, des amours voltigeant au-dessus ; au centre, armoiries d'un évêque.

Sous le pied du plat, les armes de la ville de Savone et la lettre S, initiale de Girolamo Salomoni, faïencier en cette ville.

146 — Plat, décor camaïeu bleu de Savone, ornements branchages et deux oiseaux fantastiques.

147 — Plat, décor camaïeu bleu, représentant deux scènes : personnages vêtus de costumes

religieux, et, au-dessous, des sauvages de l'Amérique du Nord.

Au revers, l'initiale P (Pesaro).

148 — PLAT, décor polychrome bleu : un voyageur passant ; au revers, un N initiale d'une fabrique indéterminée.

149 — PLATEAU rond à pied, décor polychrome d'armoiries d'une famille italienne, avec cette devise : *Janus cognomen, Jupiter arma dedit.*

150 — ASSIETTE, décor polychrome à bouquets de fleurs.

Cette pièce, en faïence demi-translucide, de la nature des porcelaines mixtes décrites par Jacquemart : *Merveilles de la céramique,* p. 291. (Milan ?)

151 — ASSIETTE, décor polychrome : paysage; fabrique de Milan. Un plat du même service, avec même décor, fait partie des collections du Musée de Sèvres.

152 — ASSIETTE, décor camaïeu bleu : paysage, au-dessus duquel voltige un amour.

Au revers, la marque connue de la fabrique de Gênes, un phare.

153 — CUSTODE ou boîte à hosties, décor poly-

chrome : dans le fond, le Chrisme, composé des trois lettres I H S ; sur le couvercle, le Christ au roseau. La provenance de cette pièce est indéterminée ; elle nous paraît pouvoir être attribuée à une fabrique italienne ou à quelque fabrique méridionale française du XVIIe siècle.

154 — SERVICE composé de deux soupières, onze assiettes creuses, trente et une assiettes plates, un grand plat rond, quatre plats ovales et deux petits plats ronds. Décor polychrome de bouquets de fleurs variés. Dans le goût marseillais, peut-être de fabrication italienne.

155 — BÉNITIER baldaquin fleurdelisé, ajouré, supporté par quatre colonnes, dont deux unies, et deux torses jaspées ; vasque supportée par l'Esprit-Saint. Mascarons et fleurs en relief. Sur la plaque du fond, la Vierge et l'Enfant Jésus.

(Collection du docteur Coqueret.)

ALCORA (ESPAGNE)

156 — BELLE PLAQUE rectangulaire, décor polychrome ; encadrement style rococo, surmonté d'une tête de séraphin en relief.

Sujet : Jésus enfant sur un trône ; devant lui, saint Joseph, la Vierge, sainte Élisabeth et un autre saint personnage. Au-dessus de l'Enfant divin, Dieu le Père dans les nuages et le Saint-Esprit entouré de têtes séraphiques.

157 — Grand plat, décor polychrome : une Minerve, dans le style Louis XIV.

158 — Assiette, décor polychrome, genre Moustiers.

PORCELAINES FRANCAISES ET ÉTRANGÈRES

VINCENNES

159 — Assiette ronde, pâte tendre, à bords contournés, décor de fleurs et bouquets au centre et sur le marli.

Au revers, la marque en bleu des deux lettres L enlacés, avec un point au centre. Cette marque indique une fabrication antérieure à 1753.

SÈVRES

160 — Ravier, pâte tendre, décor bleu turquoise, avec deux cartouches à chaque extrémité et réserve au centre, où sont des amours jouant de divers instruments. Beaux ors.

Au revers, les deux L entrelacés, la lettre F

indiquant l'année 1758 et au-dessous la lettre N, marque d'Aloncle, artiste attaché à la manufacture de Sèvres à ses débuts.

161 — Deux tasses et leurs soucoupes plates, décorées de fleurs finement peintes. Bordures et intérieurs dorés.

Marques : les deux C croisés, avec fleurs de lis, et les dates 1826-1827 et 1828 ; l'initiale R de Désiré-Denis Riocreux, peintre de fleurs à la manufacture.

162 — Tasse et soucoupe, coquille d'œuf, décor et dorure. S, 1850.

163 — Plaque ovale, bouquets de fleurs en relief, blanc sur fond bleu.

164 — Trois plaques de porcelaine, représentant des portraits par Mme Jacquolot (Victoire), artiste peintre attachée à la manufacture de Sèvres :

Portrait de Frédéric, roi de Prusse, en riche costume brodé de perles, avec sa plaque de l'ordre royal de Prusse à l'aigle à deux têtes et la devise : *Suum cuique,* le grand cordon et le manteau d'hermine ;

Portrait de Mme Fodor, cantatrice du Théâtre Italien, à Paris, d'après Singry ;

Et portrait de Michaud, artiste lyrique, dans

le rôle de Henri IV de l'opéra de *la Jeunesse du roi Henri.*

Ces trois portraits sont d'une exécution fine et délicate.

165 — TASSE ET SOUCOUPE, décor bouquets de roses sur fond d'or.

Sur la tasse et la soucoupe sont les deux L entrelacés, surmontés de la couronne royale. Au-dessous, *m : x,* initiales peut-être de : 1° Michel, qui peignit à Sèvres des bouquets détachés; 2° et de Grison, doreur à la manufacture.

166 — TASSE ET SOUCOUPE, décor dit aux cartes, sur fond gros bleu.

Sous chaque pièce, les deux L entrelacés, sans date.

167 — TASSE ET SA SOUCOUPE, bouquets détachés de roses sur fond d'or.

Sans marque.

Cette pièce ressemble à celle précédemment cataloguée, tant par le style que par la décoration; nous croyons pouvoir l'attribuer à la fabrication de Sèvres.

SAXE

168 — PLATEAU ovale, reliefs blancs et décor de fleurs.

Au revers, les deux épées.

169 — Assiette, marli décoré d'une riche bordure dorée de rinceaux, arabesques et feuillages, entourant un sujet en camaïeu violet d'une grande finesse, représentant une marche d'artillerie.

Au revers, les deux épées.

170 — Deux assiettes creuses, l'une représentant l'un des quatre éléments, *l'Air,* avec sujet et attributs, et l'inscription allemande : *Luft* (air) et l'autre, un des cinq sens, *le Goût,* avec sujets et attributs, et l'inscription en allemand : *der Geschmack* (le goût).

171 — Assiette à reliefs blancs et rinceaux fleurs et feuillages d'or et camaïeu bleu; au centre, oiseaux en décor polychrome.

Au revers, les deux épées.

172 — Tasse et soucoupe, décor polychrome fleurs, tulipes, etc.

Au revers, les deux épées.

173 — Chope à anse, décor polychrome à rehauts d'or. Jolis sujets représentant un paysage abrupt où, sur des rochers, courent une biche et son faon. Dans une baie, des bateaux voguant sur l'eau.

La chope est montée en argent; sur le couvercle en argent repoussé on voit un sujet représentant la Fuite en Égypte.

174 — Six couteaux à lames d'acier, à manches en porcelaine de Saxe décorée.

175 — Groupe de deux moutons couchés.

176 — Tasse avec son couvercle et sa soucoupe, décorée de sujets genre Watteau.

Sous la tasse, la marque A R conjugués en bleu, et sous la soucoupe les deux épées avec la lettre Q.

177 — Tasse avec couvercle et soucoupe, décor style Watteau.

Marque A R conjugués.

178 — Tasse et soucoupe forme oblongue, fonds jaunes, décor Watteau.

Marque A R.

179 — Tasse et soucoupe, décor de fleurs, tulipe et myosotis.

Marque aux deux épées et étoile.

BERLIN

180 — Tasse et soucoupe, décor à reliefs et bouquets.

Marque au sceptre.

181 — Statuette de danseuse sur un piédestal.

FRANKENTHAL

182 — Saucière dont les pieds sont formés par des branches tordues et des queues de dragons dont les têtes forment le goulot de chaque côté de la saucière.

Au revers, le monogramme couronné de Charles Théodore en bleu, et les lettres I. K.

183 — Plat a œufs à manche et à six pieds, décor de bouquets semés.

Au revers, le monogramme C T couronné en bleu, et, au-dessous, un N cursif.

NIEDERWILLER

184 — Deux vases forme Médicis à anses, en biscuit, avec fleurs en relief.

Sous le pied : Niederwiller en toutes lettres.

MENNECY VILLEROY

185 — Petit vase et piédestal en porcelaine pâte tendre de Mennecy Villeroy.

Initiales D V en creux dans la pâte.

186 — Tasse et soucoupe coquille d'œuf, décor à fleurs et bordures dorées.

187 — Tasse a bouillon, soucoupe et couvercle. Décor de grisailles, sujets pastoraux style Boucher.

On lit sous les pièces : Manufacture de monseigneur le duc d'Angoulême, à Paris, en rouge, et les initiales L. V. en or. (Guerhard et Dhil).

188 — Petit vase, décor à quadrilles et fleurettes.

Sous la pièce, on lit : *Nast*, à Paris.

189 — Tasse et soucoupe, décor bleu violacé rehaussé d'or, encadrant des paysages.

Sous la tasse en or : *Feuillet.*

190 — Seize tasses et leurs soucoupes, décor varié à sujets mythologiques, portraits de femmes et rinceaux et arabesques en or sur fond blanc.

Riche décoration.

191 — Tasse et soucoupe ornées de bouquets.

FLORENCE

192 — Deux flambeaux en porcelaine pâte tendre, forme de colonnes, décor de branchages s'enroulant en spirale.

Marque G P 1801. Ces initiales sont celles de

Giulio Pippi, céramiste de Florence cité par M. Ris Paquot dans son *Dictionnaire des monogrammes*, page 466 et n° 883.

WEDGWOOD

193 — Deux têtes en biscuit noir de Wedgwood, représentant des bustes de Cicéron et d'Horace, moulés d'après l'antique.

194 — Trois médaillons en Wedgwood, sujets mythologiques encadrés d'un cercle reproduisant les douze signes du zodiaque (fonds lilas et vert clair).

195 — Deux médaillons en Wedgwood, amours en relief blanc sur fond bleu.

196 — Buste de Franklin, par Nini, 1777.

197 — Deux médaillons : Vénus pudique et Vénus callipyge, par J. M. Renaud de Sarreguemines, né le 17 novembre 1740.

OBJETS DIVERS

198 — Deux mosaïques en pierres dures représentant des paysages d'après Berghem. Signé : *C. Weckler.*

Travail d'une finesse extrême.

199 — Couteau de chasse avec son fourreau, ornements en argent repoussé. Travail français du XVIe siècle.

200 — Statuette en argent. Le Christ vêtu en manteau, un bâton recourbé à la main. Bon Pasteur.

201 — Bas-relief repoussé. Saint Joseph et l'Enfant Jésus.

202 — Buste de Brunet Denon, directeur du musée du Louvre sous le premier Empire. Bronze.

203 — Deux bustes d'enfant, en bronze, sur leur piédestal, d'après François Flamand.

www.ingramcontent.com/pod-product-compliance
Ingram Content Group UK Ltd.
Pitfield, Milton Keynes, MK11 3LW, UK
UKHW032010260826
14628UKWH00005B/2392

9 782329 351155